Carly

Por Lisa Mullarkey
Ilustrado por Paula Franco

Calico

An Imprint of Magic Wagon
abdopublishing.com

To my Fabo Firsties at Deans School: You ALL Rock! —LM
To Leo, thank you for always being there for me. —PF

A mis estudiantes de primer curso favoritos en Deans School:
¡Son TODOS geniales! —LM
A Leo, gracias por estar siempre ahí para mí. —PF

abdopublishing.com

Published by Magic Wagon, a division of ABDO, PO Box 398166, Minneapolis, Minnesota 55439. Copyright © 2017 by Abdo Consulting Group, Inc. International copyrights reserved in all countries.

Printed in the United States of America, North Mankato, Minnesota.
112016
012017

 **THIS BOOK CONTAINS RECYCLED MATERIALS**

Written by Lisa Mullarkey
Illustrated by Paula Franco
Edited by Heidi M.D. Elston, Megan M. Gunderson & Bridget O'Brien
Designed by Jillian O'Brien
Art Direction by Candice Keimig

Publisher's Cataloging in Publication Data

Names: Mullarkey, Lisa, author. | Franco, Paula, illustrator.
Title: Carly / by Lisa Mullarkey ; illustrated by Paula Franco.
Other titles: Carly. Spanish
Description: Minneapolis, MN : Magic Wagon, 2017. | Series: Chicas poni
Summary: This is eight-year-old Carly's first summer at Storm Cliff Stables horse camp, and she is already having a hard time following all the rules, so when she finds a garter snake and decides to keep it as a pet, she needs to keep it a secret.
Identifiers: LCCN 2016955300 | ISBN 9781614796213 (lib. bdg.) | ISBN 9781614796411 (ebook)
Subjects: LCSH: Riding schools--Juvenile fiction. | Camps--Juvenile fiction. | Garter snakes--Juvenile fiction. | Horses--Juvenile fiction. | Secrecy--Juvenile fiction. | Responsibility--Juvenile fiction. | Friendship--Juvenile fiction. | Spanish language materials--Juvenile fiction.
Classification: DDC [Fic]--dc23
LC record available at http://lccn.loc.gov/2016955300

Índice

Capítulo 1

Nuevas amigas

—¿Puedo montarla? ¿Por favor? —preguntó—. Las yeguas purasangre de color castaño son mis favoritas.

Acaricié las crines de Sapphire.

Layla sonrió. Es mi supervisora dentro del campamento.

—¡Por favor, déjame montarla!

—Lo siento —dijo—. Es demasiado grande. Las Chicas Poni necesitan caballos más pequeños.

¡Ouf! ¡Me gustan los caballos grandes! Pero tiene razón. Soy una Chica Poni.

Di una patada al suelo.

—Entonces, ya no quiero ser una Chica Poni.

Layla frunció el ceño.

—No des patadas al suelo, Carly. Podrías asustarla.

—Lo siento —susurré.

—¿No tienes ya ocho años? —preguntó.

—Ocho y medio —respondí.

—¿Y no es este tu primer año en los Establos Storm Cliff? —preguntó Layla.

Asentí con la cabeza.

—Entonces, eres una Chica Poni —dijo tía Jane mientras se acercaba a nosotras. No es mi verdadera tía. Pero todo el mundo la llama tía Jane. Es la dueña de los Establos Storm Cliff. Es el *mejor* campamento ecuestre del mundo.

Le dediqué mis pucheros de cachorrito tierno.

—Por favoooor, ¿me deja que la monte? ¿Por favor, por favor, con una cereza encima?

Ella sacudió la cabeza.

—Las reglas son las reglas. Podrás montar a Sapphire cuando seas mayor.

Junté mi cara a la de Sapphire.

—No es justo —susurré.

Sus orejas se giraron hacia delante. ¡Me estaba escuchando!

Tía Jane tiró de uno de mis rizos.

—Acabas de llegar. Te enamorarás de al menos una docena de caballos este verano.

Layla agarró mi maleta y la dejó caer en un carrito.

—Además, ya tenemos un caballo para ti.

—¿De verdad? ¿Cómo se llama?

—Pronto lo sabrás —dijo tía Jane—. Ve a desempacar.

—¿Desempacar? Eso es muy aburrido —dije—. Quiero conocer a . . .

Las fosas nasales de Layla se dilataron.

—Las reglas son las reglas. ¿Sabes lo que pasa si rompes alguna?

Crucé mis brazos.

—¿Qué?

—Que te vas a casa —dijo Layla.

Entonces ella y tía Jane se rieron.

Pero yo no me reí. ¿Cómo me iba a reír si yo ya soy una rompe reglas?

¡Yo!

¡Carly Rose Jacobs!

Al menos eso es lo que decía el año pasado mi profesor.

¿Quién estuvo mascando chicle en clase hasta que la pillaron?

¡Yo!

¿Quién se dejó un libro de la biblioteca bajo la lluvia?

¡Yo!

¿Quién hizo garabatos en su escritorio con una pluma de purpurina? ¡Yo! ¡Yo! ¡Yo!

Mi profesor llamó a mi mamá. Un montón de veces.

Pero eso fue en segundo grado. Ya casi estoy en tercer grado.

—¿Podría solamente . . .

—No —dijo tía Jane.

¡Pero si ni siquiera había terminado mi frase!

—Si cambiara las reglas para ti, tendría que cambiarlas para todas.

—Odio las reglas —murmuré mientras ella se alejaba.

Layla arrugó la nariz.

—¿Qué tal si vamos al encuentro de tus compañeras de cuarto? —se dio golpecitos en el mentón—, Kianna . . . Gabriela . . . y . . .

—Dani —dije yo—. Su verdadero nombre es Daniela. Chateamos por video la semana pasada.

—¡Es una forma fantástica de conocerse antes del campamento! —dijo Layla.

Tiró del carrito por un camino de tierra. Dos minutos después, estábamos frente a una cabaña. La puerta se abrió.

—¡Carly!

Era Kianna. Tenía puesto un par de gafas de buceo verdes y un bañador de color verde. Parecía una rana.

Croac.

—Tenemos que pasar el examen de natación, ya sabes. ¿Sabes nadar? Mi mamá me dijo que todas las campistas deben saber nadar.

Croac.

—Sip —dije yo—. Pero no traje gafas de bucear.

—Está bien. Dani y Gabriela trajeron cada una de ellas un par de más.

Dani y Gabriela son primas.

Entonces Kianna señaló hacia nuestra litera.

—Puedes quedarte con la litera de arriba, tal como acordamos.

—Eso está bien —dijo Layla, lanzando mi maleta a una silla. —Tía Jane dijo que serías una gran campista, Kianna.

Kianna brilló como un rayo de sol.

—Mi mamá dice que seré la mejor campista del campamento.

Le di un golpecito con el dedo.

—*Seremos* las mejores campistas del campamento.

Kianna asintió con la cabeza y después empezó a dar saltos de alegría.

—¡Casi olvido tu pulsera de la amistad!

Agarró un montón que había en el escritorio.

—Elige un color.

Elegí una rosa con corazones azules. Después eché un vistazo a la cabaña.

Aparte de las literas, había algunos estantes, un escritorio, dos sillas y un cuarto de baño.

—Esta cabaña es pequeña.

—Es . . . acogedora —dijo Layla.

Su reloj empezó a pitar.

—Debo irme. Bajen a la reunión de bienvenida antes de que termine. Los caballos las están esperando.

Kianna se quitó las gafas de bucear.

—Dani y Gabriela ya están allí. Sólo necesito cambiarme. ¿Me esperarás, Carly?

Asentí con la cabeza y Layla, mientras se iba, nos hizo el gesto de pulgares hacia arriba.

—Este va a ser el mejor verano de todos —dije. Después canté: —Dos, cuatro, seis y ocho, ¡¿a quién queremos mucho!?

Kianna se encogió de hombros.

—¿A los caballos?

—¡No! —dije—. ¡A nosotras! ¡A las Chicas Poni!

Volví a cantar:

—Dos, cuatro, seis y ocho, ¿¡a quién queremos mucho!?

Esta vez las dos gritamos:

—¡A las Chicas Poni!

Después padecimos un caso grave de risas.

Le di un abrazo a Kianna.

Kianna es sin duda mi nueva mejor amiga.

Croac.

—¿Lo entiendes? —le pregunté—. ¿Dos, cuatro, seis y *ocho*? ¡Tenemos ocho años!

Kianna hizo girar sus gafas de bucear alrededor de su dedo.

—Yo tengo siete años.

—¿Siete años? —me palmeé las mejillas. ¡Se supone que las Chicas Poni deben tener ocho años!

—Yo tengo *casi* ocho años.

Casi no cuenta.

Entonces recordé las palabras de la tía Jane. Sigue las reglas o vete a casa.

Suspiré.

Kianna ya no es mi nueva mejor amiga.

¿Cómo podríamos ser amigas si hoy tendrá que irse?

Capítulo 2
Demasiadas reglas

—¿Qué pasa? —preguntó Kianna.

—Te vas a tener que ir a casa —dije—. Rompiste una regla. Las niñas de siete años no pueden estar en este campamento.

Kianna apretó los puños.

—Yo no rompí ninguna regla. Tía Jane sabe que tengo siete años.

La miré fijamente.

—¿De verdad?

Se vistió con su ropa.

—Es la amiga de mi mamá. Me regaló un colgante para mi cumpleaños. Es una amatista. Me encanta el color púrpura.

—¡Una amatista! Eres el pato de la suerte —le dije.

Cuac.

—¿Conoces a Sapphire? —pregunté a Kianna mientras íbamos hacia el establo.

Ella afirmó con la cabeza.

—La he montado.

—¡Imposible! ¿Promesa de meñiques?

Entrelazó su meñique con el mío.

—Promesa de meñiques.

—Pero tú sólo tienes siete años, *¡no es justo!*

Se encogió de hombros y salió corriendo hacia dos chicas.

—¡Dani! ¡Gabriela!

—Espera a que veas los caballos —dijo una de las chicas.

Me fijé en las horquillas de mariposa que llevaba en sus trenzas y supe que era Dani.

—Tú eres Dani —dije—. Te gustan las mariposas.

Sus ojos se iluminaron.

—No me gustan las mariposas. Las *amo.*

Extendió su mano.

—También tengo mariposas en las uñas.

Dani se giró hacia Gabriela y aleteó con los brazos.

—¡Deberías ver las mariposas que hay en Costa Rica! Vi una tan grande como mi mano. ¿Has visto alguna vez una mariposa búho? Es *tan* bonita. Mi *grandmother* me dijo que, si le susurras un deseo a una, se convierte en realidad.

—¿Qué es una abuela? —pregunté.

—Es una abuela —dijo Dani—. Mi abuela vive en Costa Rica. Todos mis primos viven allí.

Señaló a Gabriela.

—Excepto ella.

Gabriela frunció el ceño.

—¿Podemos *no* hablar sobre Costa Rica durante cinco minutos?

La cara de Dani se volvió tan roja como sus uñas.

Kianna puso los ojos en blanco.

—Síganme.

Así que la seguimos a los establos como patos en fila.

Cuac.

Tía Jane estaba en la puerta.

—Siempre deben llevar puestos los cascos en el establo.

Hice girar mi casco en torno a mi dedo.

—¿Tengo que hacerlo? Ya no soy una cría, ¿sabes?

Tía Jane suspiró.

—Es una regla de seguridad, Carly. Sigue las reglas o te vas a casa.

Ella ajustó la correa del casco de Kianna.

Dejé caer el casco sobre mi cabeza. ¡Storm Cliff tiene tantas reglas!

Dentro estaba lleno de gente. Y apestaba. Fuimos corriendo de caballeriza en caballeriza.

Layla estaba limpiando una de ellas.

—Tenemos un nuevo caballo árabe —dijo mientras le rascaba la cabeza—. Este es Rey Phillip.

Dani le hizo una reverencia.

—Encantada de conocerle, Rey Phillip.

—Era un caballo de carrera hasta que se lesionó la pata —nos contó Layla.

Avanzó hasta otra caballeriza.

—Este es Duke. ¿No es preciosa la marca blanca que tiene en la frente?

Metí la cabeza dentro de su caballeriza. ¡Parpadeé dos veces! —¡Tiene un ojo azul y el otro marrón!

Layla le dio a Duke un terrón de azúcar.

—¡Sip!

Todas se apiñaron en torno a la caballeriza para ver los ojos de Duke.

—¡Quiero unos ojos así! —dije.

Kianna se rio.

—Eso sería gracioso.

—Gracioso para una niña de siete años —resoplé. Eché un vistazo al establo—. ¿Dónde está Sapphire?

—Probablemente con Avery —dijo Layla.

—¿Una Chica Poni? —pregunté.

—Lo era. Es posible que la esté guiando por la arena.

—Kianna montó a Sapphire—le dije. Puse mi voz gruñona—. Ella sólo tiene siete años. ¿Por qué ella puede . . . ?

Layla levantó su mano.

—Yo sigo las reglas.

Hinché las mejillas mirando a Kianna. Le dio la risa.

Después vio a otro caballo que conocía.

—¡Queenie!

Fue corriendo a la siguiente caballeriza.

—Es una yegua Morgan de color bayo —agarró un cepillo y lo pasó por la panza de Queenie—. ¿Te acuerdas de mí?

Señalé a Rey Phillip e hice ruiditos de besitos.

—A lo mejor son novios.

Nos dio otro ataque de risa.

Layla echó un vistazo a su reloj.

—Vayan afuera para la cena. La barbacoa se celebrará esta noche en el fuego de campamento. Anochecerá antes de que se den cuenta. ¡Y habrá montones de malvaviscos!

¡El fuego de campamento fue divertido D—I—V—E—R—T—I—D—O! ¡Había montones de malvaviscos por todas partes! Pero, sobre todo, dentro de nuestras bocas. Cantamos canciones y Avery fue mi compañera en un juego. Cuando oí que llamaba a Sapphire *su* yegua, me puse furiosa.

Así que le saqué la lengua.

—Es la yegua de tía Jane y no *tuya*.

Después encontré otra compañera mejor que ella.

Justo antes de que nos fuéramos a nuestras cabañas, tía Jane se subió a un banco.

—¡Bienvenidas, campistas!

Todas coreamos:

—¡Establos Storm Cliff! ¡Establos Storm Cliff!

—Campistas, este año tenemos un programa ¡con más y mejores actividades! ¡Más caballos!

Todas volvimos a vitorear.

—¡Más excursiones por los senderos!

Los vítores se hicieron más fuertes.

—Una nueva balsa flotante para el lago que es ¡*cinco veces* más grande que la antigua!

—¡Establos Storm Cliff! ¡Establos Storm Cliff! —volvimos a corear todas.

Me sentí muy mayor.

Y también sentí que tenía mucho sueño. Me froté los ojos.

Kianna bostezó.

Dani y Gabriela ya estaban regresando a la cabaña.

Kianna y yo agarramos una linterna y caminamos de vuelta.

—Ha sido una noche perfecta —dijo Kianna.

Y lo era.

¡Hasta que oímos un grito que helaba la sangre y que salía de nuestra cabaña!

Capítulo 3
Un ruido extraño

Entré corriendo a la cabaña.

—¿Qué sucede?

Gabriela estaba acurrucada en la esquina de su litera.

—Hay algo debajo de la cabaña. ¡Escuchen!

Dani tenía los ojos como platos.

—A lo mejor es un mapache. O una rata. ¡O el gallo que vi hoy!

¡Cocoricó!

Gabriela se tapó con una manta.

—¿No tienes miedo de *nada*?

—No —dijo Dani—. He visto montones de animales y bichos en Costa Rica.

—¿Y si entra? —murmuró Gabriela.

—Shh —dijo Kianna—. Algo se mueve debajo de la cabaña.

Puse mi oreja en el suelo. *Crujido, chirrido.*

—Lo oigo —susurré.

—Ve a ver lo que es —dijo Gabriela. Entonces suspiró—. Desearía haberme traído mis libros de ciencias naturales.

—Gabriela lee un montón —dijo Dani. Se sentó en su litera—. No pienso a salir de aquí.

—Creí que no tenías miedo —le dije.

—No me dan miedo ni los bichos ni los animales —dijo Dani—. Pero es que este podría ser ¡un monstruo del pantano!

Kianna se quedó petrificada.

Me giré hacia Gabriela.

—¿Tú no vives en un rancho? Allí deben tener animales salvajes.

—Sólo caballos y vacas —dijo—. Y algunos ratones.

—En Costa Rica, una vez vi a una rata comerse una rana —dijo Dani—. Pero la rata también murió, ¡porque la rana era venenosa!

¡Croac, croac, chirrido!

Gabriela se estremeció.

—¡Qué asco!

—¿Por qué no te gustan los animales? —pregunté.

Los ojos de Gabriela se agrandaron.

—Me *encantan* los animales. Tengo un perro y cuatro gatos. Sólo que no me gustan los osos. Ni las ranas. ¡Ni las *ratas*!

—Yo también tengo un perro —dijo Kianna—. Se llama Barkley.

Bajó los ojos.

—Mis peces dorados murieron el año pasado. Se me olvidó alimentar a Cookies y Milk. Mi mamá me dijo que no más peces para mí.

—¡No es justo! Quiero un perro. Y un gato. Y un pez dorado —dije—. Si tuviera un pez dorado, nunca jamás se me olvidaría alimentarlo.

Entonces Dani también se puso a presumir de sus mascotas.

—¡Tengo tres perros! Bippity, Boppity y Boo. Son de raza beagle. Y además tengo un gato. Pero Señor Whiskers es un cascarrabias. Le bufa a todo el mundo. Mi padre me dijo que pronto podría tener una tarántula.

Gabriela se abrazó el pecho.

—¡Qué asco!

—He visto todo tipo de arañas en Costa Rica —dijo Dani. Se giró hacia mí—. ¿Cuántas mascotas tienes?

Se me cayeron los hombros.

—Ninguna.

Kianna jadeó.

—¿Ninguna?

Negué con la cabeza.

Gabriela respiró hondo.

—¿Ni siquiera un pez dorado?

Mis ojos se me llenaron de humedad.

—A veces, finjo que los caballos que monto son míos.

Gabriela suspiró.

—Eso es muy triste. Aunque supongo que no hay nada que puedas hacer.

Dani saltó disparada:

—Para ti es fácil decirlo. Tienes mascotas *y* un centenar de caballos.

—¿Un *centenar* de caballos? —pregunté.

Gabriela asintió con la cabeza.

—Cuando sea mayor, quiero tener *quinientos* caballos.

Tuve una idea.

—¿Podrías darme uno?

Gabriela frunció el ceño.

—Lo siento. Cuestan mucho dinero. Mis padres nunca me dejarían regalar un caballo así como así.

Dani cruzó los brazos.

—¡Humpf! Si tuviera un centenar de caballos y un enorme rancho en Texas, yo te regalaría *dos* caballos, Carly. ¡Tal vez incluso tres!

Crujido, crujido, crujido.

Gabriela emitió un jadeo.

—¡Ahí está ese sonido otra vez!

Me puse en cuclillas y traté de ver algo entre las grietas.

—Está demasiado oscuro, no puedo ver nada.

—Probablemente sea una rana —dijo Dani.

—No podré dormir hasta que no lo sepa con toda seguridad —dijo Gabriela.

—Iré a mirar —dije—. Probablemente sea un conejo. O un ratón. ¿Quién se viene?

Dani se puso de pie.

—Yo. No puede ser un monstruo del pantano, si no hay ningún pantano cerca, ¿verdad?

Salimos por la puerta. Eché un vistazo debajo de la cabaña. Dani iluminaba con la linterna.

—¿Ves algo? —preguntó.

—Hierba. Piedras. Una lata de refresco vacía —estiré mi cuello—, hojas muertas.

Entonces, me quedé helada.

—Algo se mueve.

Dani me alcanzó un palo largo.

—Hurga con esto.

Eso hice.

—No noto que haya nada.

Pero cuando saqué el palo, ¡vaya si había algo!

—¡Una serpiente!

Dani tenía los ojos desorbitados.

Estaba enrollada alrededor del palo.

—Es una culebra rayada —susurré. Era negra con rayas amarillas—. Aún no es muy grande.

Sissseeo.

—Menos mal que no estaba en la cabaña —dije— ¡Gabriela se habría vuelto loca del susto!

Muy despacio fui girando el palo mientras Dani la iluminaba.

—Es preciosa —dije—. Pero mira la punta de su cola. Algo le ha pasado.

—Está totalmente desgarrada. Tal vez algún animal le haya mordido —dijo Dani.

—Pobre serpiente —dije—. Lástima que la tenga que devolver al bosque.

Dani asintió.

—Mi primo tiene una culebra rayada como mascota.

—¿Una mascota? —dije.

Sissseeo.

Justo en ese momento tuve otra idea.

Iba a quedarme esta serpiente.

¡Yo! ¡Dueña de una mascota!

¡Por fin!

Capítulo 4

Guardando secretos

—No puedes quedártela —dijo Dani.

—¿Por qué no? —dije—. Si hago un buen trabajo, ¡mi madre debe permitirme tener una mascota!

Caminé hasta una caja de almacenamiento que hay junto a nuestra cabaña.

—Aquí estará segura esta noche.

Cuando Dani levantó la tapa, agité el palo hasta que la serpiente cayó. Aterrizó en un montón de chalecos salvavidas.

Cerré de golpe la tapa.

—No se lo digas a Kianna ni a Gabriela. Será nuestro secreto. Y cuando mi madre venga para el Día de padres, le enseñaré a ... ¡Gertie!

—¿Gertie? —se rio Dani.

—¡Sí! Gertie, la culebra rayada. Voy a ser muy responsable.

Recordé el pez de Kianna.

—No olvidaré alimentar a mi mascota.

Los ojos de Dani se iluminaron.

—Me encantan los secretos. ¡Mis labios están sellados!

Volvimos a entrar en la cabaña. Gabriela tenía un millón de preguntas.

—¿Qué era? ¿Era baboso? ¿Se ha ido?

Respiré profundamente.

—Se ha ido.

Sissseeo.

Mentí. Pero no me importó. ¿Por qué? ¡Porque por fin era la dueña de una mascota!

¡Yo!

¡Carly Rose Jacobs!

Gabriela pareció aliviada.

—¡Gracias!

—Apaguen las luces —tronó la voz de Layla desde fuera de la cabaña.

Nos pusimos los pijamas. En el mío pone ¡El campamento encanta! ¡Y es verdad!

Apagamos las luces. Pensé en Gertie. Y en Sapphire. Crucé los dedos. Puede que tía Jane me permita montar a

Sapphire si se entera de lo responsable que soy.

¡Relincho!

Todavía estaba disfrutando de un sueño maravilloso sobre Gertie y Sapphire cuando oí a Layla gritar:

—¡Levántense y a brillar!

Sentí un gruñido en mi estómago. ¡Seguro que Gertie también tenía hambre!

Caminamos hasta el pabellón para desayunar. Después de terminar mis cereales, tomé unos pocos huevos revueltos de más.

—Añade algo de tocino —susurró Dani—. Gertie es carnívora.

Así que eso hice. Escondí la comida en una servilleta y la guardé en el bolsillo.

Tía Jane nos saludó con la mano.

—¡Hola, Chicas Poni! Hoy les emparejaremos con sus caballos.

—¿Puedo montar a Sapphire? Me estoy volviendo muy responsable, ¿sabe?

Tía Jane levantó las cejas.

—No, pero puedes ayudar a cepillarla. ¿Te gusta la idea?

¡No, no me gustaba! Crucé mis brazos.

Tía Jane permaneció ahí.

—Después de montar, vayan a explorar el campamento. Visiten el establo y realicen sus pruebas de natación. ¿Entendido?

Asentimos con la cabeza.

Tía Jane empezó a alejarse.

—¡Oh!, y Layla les traerá sus chalecos salvavidas en unos minutos.

Contuve la respiración.

—¿Los que están en un contenedor junto a las cabañas?

Tía Jane asintió con la cabeza.

¡Gertie estaba en esos chalecos salvavidas!

—¡Yo iré a por ellos! —dije—. Sólo intento ser responsable.

Le regalé una sonrisa.

Kianna dijo:

—Iré contigo.

—¡No! —le dije—. Tú quédate aquí. Iremos Dani y yo. Te veo en la arena.

Kianna arrugó la nariz.

—¿Por qué no puedo ir?

—Porque tienes siete años —le dije—. Eso es un trabajo para niñas de ocho años.

Kianna frunció el ceño.

—Eres una mandona.

Me encogí de hombros y salí corriendo hacia las cabañas. Un minuto después, levantamos la tapa del contenedor.

Gertie estaba en el mismo lugar.

Haciendo lo mismo.

Nada.

La recogí. Se meneó un poco.

—¡Hola, Gertie! ¿Qué tal estás hoy?

Se deslizó por mi brazo y después se enrolló alrededor de mi muñeca. Hacía cosquillas.

—Parece que tiene hambre —dijo Dani.

Extendí la servilleta en la parte inferior y volví a meter a Gertie dentro.

—¡Come!

—¿Cómo vamos a esconderla hasta el Día de padres? Aún faltan tres semanas — dijo Dani.

—Buena pregunta —dije.

Dani se mordió las uñas.

—¿Qué pasa si Layla se encarga de traer estas cosas? Verá a Gertie. Puede que debamos soltarla en el bosque.

—De ninguna manera —dije—. Es mi mascota. Y está herida.

Entonces tuve una idea.

—Ve y tráeme la caja de mis botas de montar.

Dani trajo la caja.

—Es perfecta.

Pusimos a Gertie dentro. Después añadimos su comida. Cerramos la caja y la deslizamos debajo de la cabaña.

—Estará segura hasta que regresemos. Ya me siento muy responsable —dije—. Ya soy una buena cuidadora de mascotas.

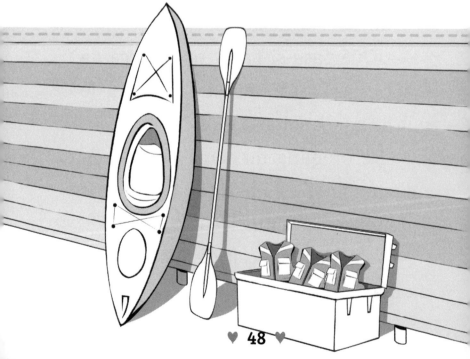

Dani sonrió con superioridad. Después se agachó e hizo seis agujeros en la caja con una rama.

¡Uf! No soy una cuidadora de mascotas responsable después de todo. Los cuidadores de mascotas que son responsables ¡se aseguran de que sus mascotas puedan respirar!

Capítulo 5

Limpiando los cascos

Layla estaba esperando cerca de la arena.

—Ustedes dos llegan tarde. Carly, tú trabajarás conmigo. Dani, ve hasta la siguiente estación.

Dani me susurró buena suerte y continuó hasta la siguiente área.

—Esta de aquí es Queenie —dijo Layla—. Es muy buena escuchando. No le importa recibir órdenes todo el tiempo. Hacen buena pareja.

—¿Porque soy mandona? —pregunté.

—Un poco. Pero también porque te gustan los paseos a caballo.

—Es muy bonita —dije—. Casi tan bonita como Sapphire.

Una chica con unas uñas de color naranja brillante se acercó y abrazó a Queenie.

—Tú eres Carly, ¿verdad?

Asentí con la cabeza.

—Yo soy Esha.

Layla dijo:

—El año pasado, esta Niña Salvaje pintó las pezuñas de Queenie de naranja. Después le hizo trenzas en las crines y en la cola con cintas de neón.

Esha agitó sus dedos en el aire.

—Me gusta ir a juego con mi caballo.

—Queenie tenía un aspecto . . . interesante —dijo Layla.

Queenie estiró su cuello e hizo un ruido suave. Sonó algo así como purr. También ella debió pensar que era algo divertido.

Esha me pasó el brazo por encima.

—Queenie es realmente especial. La monto muy a menudo. Mi primera vez fue cuando era una Chica Poni. ¡Te vas a enamorar de ella!

Acaricié la panza de Queenie.

—Creo que tienes razón.

Esha sostuvo un piquete.

—Bree dijo que te diera esto. Ella ya limpió dos de los cascos de Queenie. Te enseñaremos cómo se hace en uno, y tú harás el último.

Layla tomó un piquete y caminó por el lado de Queenie.

—¿Sabes por qué limpiamos los cascos, Carly?

—No. Pero apuesto a que me lo vas a decir.

Esto hizo reír a Esha.

—¿Te gustaría andar con piedrecitas en tus zapatos? —preguntó.

—Una vez se me metió una piedrecita en mis zapatillas deportivas. Me provocó una ampolla de sangre —dije—. Fue muy asqueroso.

—Sí que suena asqueroso —afirmó Layla.

Pasó la mano hacia abajo por la pata de Queenie y entonces Queenie levantó el casco. ¡Como por arte de magia!

—¿Ves? El casco de Queenie está lleno de suciedad, virutas, estiércol e, incluso, algunas pequeñas piedras. Eso no es bueno. Nosotras debemos encargarnos de limpiar sus cascos antes y después de montar en ella. No queremos que se sienta incómoda ni que se le quede algo doloroso atascado en el interior. Como esa piedrecita tuya.

—Primero, comienzo despejando las dos partes del corazón del casco. El corazón es esta parte con forma de triángulo. Es sensible, así que debes tener cuidado —dijo Layla—. Siempre debes usar la piqueta desde el talón hacia la punta.

—Ahora, lo haré alrededor de la suela.

Layla tomó la piqueta y la movió hacia abajo y hacia ella. Cada vez que lo hizo, sacó suciedad que cayó al suelo.

—¿Le duele? —pregunté.

Esha respondió:

—Tienes que ser delicada con las partes blandas. Pero el casco es como tu uña. ¿Y a ti no te duele cuando te cortas las uñas, verdad?

Negué con la cabeza.

Entonces Layla le dio la vuelta a la piqueta y la sostuvo.

—Aquí tienes el cepillo. Cuando creo que ya he terminado con la piqueta, cepillo toda el área a fondo para asegurarme de que no queda nada. Y compruebo que no haya nada que parezca infectado.

Después, Layla palmeó a Queenie en el hombro y bajó el casco.

¡Ahora me tocaba a mí! Pasé mi mano hacia abajo por la pata de Queenie y ella la levantó. ¡Magia!

Cuando terminamos, Layla tomó su portapapeles.

—Comencemos tu evaluación, Carly. Quiero verte ir al paso por la arena, detener a Queenie delante de mí y cambiar de dirección.

—¿Puedo trotar, también? — pregunté.

—Vamos a empezar con parada y giro —dijo Layla—. ¿Lista?

Espié a Gabriela mientras hacía saltar a su caballo.

—¿Puedo saltar con Queenie después de trotar?

—¿Tú saltas? —preguntó Layla, sorprendida.

—No —le dije—. Pero si Gabriela . . .

Layla suspiró.

—No, Carly. Gabriela ya lleva un año saltando.

Esha miró hacia donde estaba Gabriela.

—Vaya, es buena. Como Avery.

Puse los ojos en blanco. Avery Shmavery. Esha Beesha. ¡Yo también soy buena!

Finalmente, monté a Queenie. La dejé dar una vuelta al paso alrededor de la arena. Cuando llegamos donde

Layla, tiré de las riendas de Queenie hacia atrás. Se detuvo. Me tomó un minuto, pero conseguí que Queenie diera media vuelta y nos marcháramos de nuevo.

—Al trote cuando estés lista —dijo Layla cuando pasé ante ella por segunda vez.

Apreté a Queenie con mis piernas. Comenzó a trotar suavemente.

¡Layla me dejó trotar alrededor de la arena diez veces!

—Buen trabajo —gritó.

Me ayudó a desmontar de Queenie.

—Ha sido divertido —dije.

Kianna estaba mirando.

—Me da pánico trotar.

—Porque solo tienes siete años —le dije—. Cuando tengas ocho años serás más valiente.

Dani se acercó a nosotras.

—¡Por mucho que lo intenté, no conseguí que Duke girara!

Un minuto después, Gabriela vino corriendo.

—¡Ha sido muy divertido! Tía Jane ha dicho que mañana podré saltar más alto aún.

Layla nos chocó los cinco.

—Todo el mundo se ha divertido. Ese es nuestro objetivo. Mientras las campistas mayores enfrían sus caballos, vayan a comer algo. O pueden echar un vistazo a los animales de granja. Allí conocerán a Bree. Sabe muchísimo de animales. Y no olviden que también tienen que realizar la prueba de natación.

Así que mientras Gabriela y Kianna comían algo y realizaban sus pruebas de natación, Dani y yo fuimos a conocer a Bree.

—Tal vez nos pueda contar algo sobre las culebras rayadas —le dije a Dani—. Si quiero ser una buena propietaria de mascotas, tengo que saber mucho sobre mi mascota.

Capítulo 6
El consejo de Bree

Caminamos hasta el pequeño establo y echamos un vistazo al interior.

—Aquella debe ser ella —dije—, allí, ordeñando a esa vaca.

Las trenzas rubias de la muchacha giraron cuando se dio la vuelta para mirarnos.

—Soy Bree. Layla dijo que tal vez se pasaran las Chicas Poni a ver a los animales.

Bree se levantó y levantó un cartel del suelo:

¡Bienvenidas Chicas Poni!

—Lo ha hecho mi amiga Jaelyn.

—Yo soy Carly. Esta es Dani. ¿Estos animales son tuyos?

Bree se rio.

—Son de tía Jane. Yo sólo ayudo a cuidarlos. Quiero ser veterinaria.

—Yo quiero ser propietaria de mascotas —dije—. Pero mi mamá me dice que no soy responsable.

Dani habló:

—Pero, ¿cómo puede ser una propietaria de mascotas responsable si no le dejan tener una mascota?

Bree se quitó una brizna de heno del pelo.

—Entonces estás en el sitio adecuado. Trabajar con animales te hace ser más responsable. ¿Quieren ayudar?

—Yo no quiero *trabajar* en absoluto —dije—. ¡El campamento tiene que ser divertido!

—Cuidar a los animales es un trabajo *divertido* —dijo Bree—. Van a ver.

Se acercó a un cerdo.

—Este es Pecas. ¡Participó en un anuncio de la tele!

Dani estiró su mano.

—¿Me puede dar su autógrafo, señor Pecas?

Volvimos a padecer otro caso clínico de risas.

—Shhhh —dijo Bree. Señaló hacia otra vaca—. Están asustando a Daisy.

¡Muuuuu!

—¿Cómo sabes que está asustada? —preguntó Dani.

—Mira su cola —dijo Bree—. La tiene metida entre sus patas.

Dani pasó su mano por el lomo de Daisy y le susurró:

—Lo siento, Daisy.

—No queríamos asustarte —le dije—. Mueve tu cola.

Daisy estaba mirando directamente al frente.

—Me está ignorando —dije, girándome hacia Bree—. ¿Cuándo volverá a estar feliz?

—Cuando su cola cuelgue recta hacia abajo —dijo Bree.

—¿Sabes algo de serpientes? —pregunté.

Dani cruzó sus dedos.

—Un poco —dijo ella—. ¿Como las boas constrictors?

—No . . . como culebras rayadas —dije yo.

—Oh, están por todas partes —dijo Bree—. Pero no te harán daño.

—Nos preguntábamos qué hay que hacer para cuidarlas —dijo Dani.

Bree se mordió el labio inferior.

—¿Por qué lo preguntan?

—Por nada —respondí—. No es que tengamos una ni mucho menos.

Bree cruzó los brazos.

—Bueno, si la tuvieran, iría en contra de las reglas del campamento.

Me quedé boquiabierta.

—¿De verdad? ¿Tía Jane también tiene una regla sobre mascotas?

Me senté en el taburete de ordeñar de Daisy.

—Tiene demasiadas reglas.

Bree se rio.

—Cuando yo era una Chica Poni, solía pensar lo mismo.

—Bueno —dije—, ¿sabes algo de ellas?

Ella afirmó con la cabeza.

—Sé que las serpientes prefieren vivir libres en la naturaleza antes que en una casa . . . o una cabaña.

Dani y yo nos miramos.

—No tenemos ninguna en nuestra cabaña —dije—. Te lo prometo.

—De acuerdo —dijo Bree—. Bueno, entonces, necesitan comida. Comen ratones, ranas y gusanos. No necesitan comer cada día, pero sí necesitan agua.

—¡Genial! —dijo Dani—. Si estuviéramos en Costa Rica, habría montones de comida para una culebra rayada.

—Les gusta esconderse —dijo Bree—. Incluso aunque estén en un tanque, necesitan algo que les resulte un buen escondite.

Le dio una palmada a Daisy. Después yo palmeé a Daisy.

—A Daisy le encanta que la acaricien —dijo Bree.

Decidí hacer feliz a Daisy. No paré de acariciarla todo el tiempo que Bree nos estuvo hablando de culebras rayadas.

—Les gusta enrollarse en torno a cosas. Así que, si tienes un tanque, ponle dentro palos.

—Se ve que sabes un montón sobre animales —repetí. Pensé en Sapphire y en Queenie—. ¿Cuál es tu caballo?

—Yo no tengo caballo. Solía cabalgar a lomos de Cupcake, una yegua appaloosa leopardo tricolor. Pero se mudó.

Los ojos de Bree se llenaron de lágrimas.

—Estás triste —dije.

Ella afirmó con la cabeza lentamente.

—¿Alguna vez has montado a Queenie? ¿O a Sapphire? —pregunté—. Deseo *muchísimo* montar a Sapphire.

Bree negó con la cabeza.

—Avery monta a Sapphire. También la sobrina de la tía Jane. Es una jinete muy famosa. ¡Ganó medallas olímpicas! Aún eres demasiado pequeña para montarla, Carly.

Sentí cómo me ardía la cara.

—Al menos no eres demasiado pequeña para cuidar a una culebra rayada —dijo Dani.

¡Eso era verdad!

Bree entrecerró los ojos.

—Chicas, por favor, no guarden una serpiente en su cabaña.

—*No* tenemos una serpiente en nuestra cabaña —dije—. Gabriela se volvería loca del susto.

—De acuerdo —dijo Bree—. Pero entonces, ¿por qué me están preguntando?

Mi corazón estaba desbocado.

—¡Sería una magnífica mascota de clase para el curso de tercer grado del año que viene!

Dani movió su cabeza arriba y abajo.

Bree caminó hacia la puerta.

—Tengo que regresar. Debo realizar mi prueba de natación.

Mientras salíamos, miré a Daisy. Su cola estaba colgando recta hacia abajo. ¡Estaba otra vez feliz!

Creo que después de todo seré una buena propietaria de mascotas.

¡Muuuuu!

Volvimos corriendo a la cabaña.

—¿Dónde podremos conseguir ratones y ranas? —pregunté—. ¿O gusanos?

—Cavaré en busca de gusanos por si eso no se ha comido el tocino o los huevos —dijo Dani.

—Su nombre es Gertie y no eso — dije yo.

Dani se avergonzó.

—Lo siento —se puso de rodillas, empezó a cavar y después se detuvo—.

Esta no es un área de tierra blanda. Tenemos que ir al bosque.

—¿El bosque? Allí está oscuro. Tú vas. Yo me quedo aquí.

Se puso de pie y se sacudió las rodillas.

—Es tu mascota. Quieres ser responsable, ¿no?

Tenía razón.

—Bree dijo que no comen todos los días. Podemos esperar hasta mañana.

Pero cuando volvimos a la cabaña y vimos a Gertie, ya no estaba tan segura.

—No parece estar tan bien. ¿Crees que está mala?

Metí mi mano dentro de la caja. Gertie casi no se movió. La tomé y se enrolló alrededor de mis dedos.

—¡Hola, Gertie! Siento haberte dado comida humana. No te reprocho que no comas.

Dani se llevó la caja a la papelera y la vació.

—Bree dijo que necesitaba agua. A lo mejor está sedienta.

—Y necesita un escondite —dije.

Dani miró alrededor.

—Yo voy a traer palos y cosas que pueda usar para esconderse.

—Yo voy a ir dentro y buscaré algo donde ponerle agua —dije—. Si no encuentro nada, conseguiré un bol esta noche en la cena.

Me llevé a Gertie conmigo. Se quedó enrollada en torno a mi mano.

Fui al baño. Nada.

Busqué en las estanterías. Nada.

Abrí los cajones del escritorio. Nada.

Sostuve a Gertie delante del espejo.

—¿Cómo te sientes, Gertie?

Parecía enferma.

Dani entró a la cabaña.

—En la basura, encontré este envase de tarta. Lávalo. Podrá contener un montón de agua.

El envase de tarta tenía hormigas. De un capirotazo, lancé una por los aires.

—¡Me da asco! Tú lo friegas.

Dani empujó el envase hacia mí.

—Tú eres la dueña de la mascota. Si tú eres responsable, tú lo friegas.

—¿Cómo puedo fregarlo con Gertie enrollada en mi mano?

Dani salió fuera y trajo la caja.

—Vuelve a ponerla aquí.

Miré dentro de la caja. Había algunas piedras, algunas hojas y unos pocos palos. La bajé dentro de la caja.

—¡Hogar dulce hogar!

Gertie no se movió.

—Vigílala, Dani. Voy a fregar el envase.

Dani puso la caja sobre el escritorio.

—Necesitamos conseguirle algunos gusanos esta noche. Intenté cavar junto

a la cabaña, pero el suelo es demasiado duro. Necesitamos una pala.

—Consigue una cuchara en la cena —le grité desde el baño.

—Buena idea —dijo Dani. Entonces se levantó—. Quiero cambiarme las horquillas del pelo por mis mariposas púrpuras.

Se quitó las horquillas y fue hasta el escritorio. Después se puso las nuevas horquillas.

—Ya tengo el agua —dije mientras regresaba hacia la caja. Bajé el envase despacio para que no se derramara—. Has hecho un escondite tan bueno para Gertie que no puedo encontrarla.

Deslicé mi dedo por los palos y las hojas.

Gertie no estaba.

—Dani, ¿tienes a Gertie?

Vino corriendo y movió todas las hojas y palos.

—¡Oh, no! ¡Debe haberse escapado cuando fui a buscar mis horquillas!

Levanté la caja.

Miré debajo de las literas.

—¿Dónde está? —dije con voz de pánico.

—No te preocupes. La encontraremos —dijo Dani.

Pero después de unos minutos, ya no estaba tan segura.

Dani se lamentó.

—¿Tal vez estaba tan sedienta que fue al retrete a beber?

—Eso suena asqueroso —dije—. A—s—q—u—e—r—o—s—o.

—Mi perro lo hace —dijo Dani—. Los animales no saben que es un retrete.

Corrí hacia el baño y miré dentro del retrete. Gertie no estaba.

Abrí la cortina del baño. Gertie no estaba.

—¿Dónde podría estar Gertie? —dije.

No me sentía una persona muy responsable.

—Te ayudaré —dijo una voz a través de la ventana.

Pero no era mi voz.

Ni la voz de Dani.

—¡Es el monstruo del pantano! —gritó Dani—. ¡Corre!

Capítulo 8

Visitante sorpresa

—No soy el monstruo del pantano —dijo Kianna. Entró por la puerta—. ¿A quién están buscando?

—A nadie —dije yo—. ¿Por qué estás aquí?

—¡Vivo aquí! —dijo—. ¿Quién es Gertie?

Dani susurró:

—No se lo digas.

Kianna agarró sus manos.

—Por favor, dímelo. No se lo contaré a nadie. Te lo prometo —con un dedo hizo una cruz sobre su pecho—, con la mano en el corazón.

Miré a Dani.

—Kianna es mi nueva mejor amiga, ya sabes.

Me giré hacia Kianna y respiré hondo.

—Gertie es mi mascota, una culebra rayada. La encontré debajo de la cabaña.

Los ojos de Kianna se agrandaron.

—¿Una culebra rayada? ¡La tía Jane se enfadará muchísimo si se entera!

—No estoy preocupada por ella —dije—. Pero no quiero que Gabriela se entere.

—¿Que me entere de qué? —preguntó Gabriela mientras entraba por la puerta.

Cerré de golpe la caja.

—De que puede que... esta noche no haya malvaviscos.

Después cambié de asunto.

—¿Qué tal la prueba de natación?

—Pasamos —dijo Gabriela—. Tienes que ir a pasar la tuya.

Fingí una sonrisa.

—¡Claro!

Kianna miró alrededor por el suelo.

—¿Qué buscas? —le preguntó Gabriela.

Kianna sonrió.

—Mmm... nada.

—¿Quieren volver a la balsa flotante?

Gabriela se embadurnó la cara de protector solar.

—Vamos.

Mientras cerraba la puerta mosquitera, susurré:

—Volveré, Gertie.

Layla nos estaba esperando en el lago.

—¿Listas para la prueba?

Era muy difícil concentrarse cuando estaba tan preocupada por Gertie. Pero, veinte minutos más tarde, ¡Layla dijo que habíamos pasado!

Para celebrarlo, todas nadamos hasta la balsa y jugamos a ¿Quién es la mejor?

Yo conseguí dar el mejor panzazo. Kianna fue la mejor tirándose de cabeza y Gabriela la mejor nadadora. Dani pudo contener su respiración debajo del agua muchísimo. Cuando salió a respirar, ¡lanzó un chorro de agua como una fuente!

—Oye —dijo Kianna—, tía Jane encargó a esa muchacha, Bree, a enseñarnos cómo ser ratas de establo.

—Bree es simpática —dije—. Ella cuida a montones de animales.

—¿Por qué querría yo saber nada de ratas de establo? —preguntó Kianna—. ¡Qué asco!

—Una rata de establo es una persona que cuida a los caballos —dije—. Y pasa el tiempo en los establos y les ayuda.

—Es divertido —dijo Dani—. Tienes que alimentarlos y limpiarlos, y tener sus arneses listos. Y limpiar las caballerizas.

Kianna pareció aliviada.

—Entonces, ¿no tenemos que estar cerca de ratas? Mi mamá me dice que me mantenga alejada de las cosas con gérmenes.

¡Chirrido!

¡Volví a padecer otro caso clínico de risas!

Unos minutos más tarde, Bree y sus amigas se metieron en el agua.

Esha se encaramó a la balsa.

—¿Has vuelto a montar a Queenie?

Levanté mi nariz con altivez.

—Tal vez. Queenie no es tu yegua, lo sabes.

Avery se encaramó también.

—Siento que no te permitieran montar a mi caballo.

Eso me puso de malhumor.

—Sapphire no es *tuyo*. Pertenece a tía Jane.

Salté al agua.

—Y, para tu información, este verano montaré a Sapphire.

Me agarré al lateral de la balsa.

—Cuando tía Jane vea lo responsable que soy, me dejará.

Metí la boca en el agua e hice el truco de la fuente de agua.

—Y, después, mi mamá me dejará tener una mascota.

Esha se sentó.

—No hay forma de que montes a Sapphire. Creo que mientes.

—Puede que sí, puede que no —volví a trepar a la balsa—. Al que mucho quiere saber, poquito y al revés.

Me senté y metí mis pies en el agua.

—*Mocosas* de establo —susurró Esha.

No era muy buena susurrando.

—Te he oído.

Con un balanceo, subió las piernas a la balsa.

—Voy a tostarme un rato al sol.

Así que mientras Esha se tostaba, Dani, Kianna, Gabriela y yo nadamos.

Después de una hora, estaba cansada. Salí del lago y me senté en

una silla. Entonces llegó Bree, lanzó sus chancletas y se sentó.

—Esha tumbada al sol me ha recordado una cosa importante de las culebras rayadas —dijo Bree.

Sentí mi garganta pastosa.

—¿Qué?

—A las serpientes también les gusta tumbarse al sol —dijo—. Les da energía.

Sentía mi garganta aún más pastosa.

—¿Qué pasa si no les da el sol?

Bree frunció el ceño.

—Podrían morir.

Ahí fue cuando empecé a llorar.

Capítulo 9

¿Dónde está Gertie?

—¿Qué pasa? —preguntó Bree—. ¿Por qué lloras?

Me sorbí los mocos.

—He hecho algo malo. Muy, muy malo.

—¿Qué puede ser tan malo? —me preguntó.

—No puedo contártelo. Rompí una regla. Me van a expulsar —dije. Ni siquiera podía mirarla.

—Puedes confiar en mí —me dijo—. En los Establos Storm Cliff, somos como una familia.

Metió la mano en su bolso y me ofreció un pañuelo de papel.

Me soplé la nariz.

—No, de verdad que no puedo contártelo. Si te lo cuento, se lo contarás a tía Jane. Y, cuando todo el mundo sepa lo que hice, Gabriela se enfadará mucho. Ya no querrá ser mi amiga.

Bree se recostó en su silla y apuntó al cielo.

—Mira esos tres halcones que vuelan en círculos.

—Parece que están volando sobre nuestras cabañas —dije.

—Probablemente hayan visto una serpiente u otra presa y estén preparándose para comérsela. Eso es lo que hacen los halcones. Ven comida y bajan en picado para capturarla.

Empecé a llorar de nuevo. ¿Y si han visto a Gertie? ¡No quiero que los halcones se la coman!

Bree me dio palmaditas en la espalda.

—Oh, Carly, dudo mucho de que te expulsen del campamento. Tía Jane no es así. Llevo aquí casi cuatro años y nunca jamás he visto a nadie que la hayan enviado a casa.

Volví a soplarme la nariz.

—¿A nadie? —me sentí mejor—. ¿Incluso por romper una regla?

—No —dijo ella—. Esha rompe las reglas constantemente. Cabalgó sobre un caballo sin el casco. Se escabulló

después de anochecer. Se ha metido en muchísimos problemas, pero tía Jane no la ha enviado a su casa.

Los halcones se lanzaron en picado hacia el suelo.

No me gustan los halcones.

¡Graznido!

Dani salió del agua.

—¿Estás llorando?

Asentí con la cabeza.

—Es Gertie. Está mala —después miré hacia el cielo—. O muerta. Esos halcones pueden habérsela comido.

Bree parecía confundida.

—¿Quién es Gertie?

—Mi serpiente mascota. La perdí. Podría estar en la cama de Gabriela. Y si está allí, probablemente a Gabriela le dé un ataque al corazón y se muera.

Bree se rio.

Hinché las mejillas y arrugué la nariz.

—Lo siento, Carly, pero a los niños normalmente no les dan ataques al corazón.

Entonces ella entrecerró los ojos.

—¿Por qué tienes una serpiente de mascota?

Así que se lo conté todo.

—¡Ahora, mi madre nunca pensará que ya soy responsable! Nunca tendré una mascota.

Bree estuvo en silencio durante un minuto. Después se levantó.

—Vayamos a buscar a Gertie.

Señaló hacia el agua.

—Kianna y Gabriela están jugando con Esha, Jaelyn y Avery. Puede que la encontramos antes de que las Chicas Poni vuelvan a la cabaña.

Se giró hacia Dani.

—Intenta mantenerlas en el agua lo más que puedas, ¿de acuerdo?

Dani asintió.

—¡Pan comido!

Entonces volvió a correr hacia el interior del lago.

Bree y yo fuimos corriendo a las cabañas.

Señaló hacia el cielo.

—¡Mira! Los halcones están sobre el pabellón, no sobre las cabañas. ¡No se han comido a Gertie!

¡Graznido!

Me sentí mejor en cuanto abrí la puerta.

Bree miró alrededor.

—Puede que no la encuentres aquí. Podría haberse ido por las tablas del suelo, haberse deslizado por alguna grieta, o . . .

—¿Qué? —pregunté.

—Haberse dirigido directamente al bosque —Bree se rascó la cabeza—. Si yo fuera una culebra, ¿dónde me escondería?

Comprobamos debajo de las camas, en las esquinas oscuras, incluso en el armario.

¡Nada!

Bree se sentó en una silla y se tapó los ojos. Después movió la silla un poco.

—El sol me está molestando.

Entonces se quedó con la boca abierta.

—¡Creo que sé dónde está Gertie!

Empujó la silla hacia la ventana soleada.

—Si yo fuera una culebra, estaría sobre esta cornisa, disfrutando del sol. A ver si tengo razón.

Se subió a la silla y se mantuvo de puntillas para alcanzar la cornisa. Movió su mano de un lado al otro.

—No la noto . . . espera, creo que . . .

Sonrió mientras levantaba a Gertie.

—¡La encontré!

Vitoreé a Bree:

—Dos, cuatro, seis y ocho, ¿a quién quiero mucho? ¡A Bree!

Bree se bajó de la silla.

—Muy bien, Carly. No se lo voy a contar a tía Jane. Pero vamos a devolver a Gertie al lugar donde pertenece, ¿de acuerdo?

—De acuerdo.

Entonces me puse a bailar la danza llamada Estoy feliz porque Gertie está Viva.

Pero mi baile duró poco, porque alguien gritó. Muy fuerte.

Y ese alguien era Bree.

Capítulo 10

Toda la verdad

—¡Gertie me ha mordido! —gritó Bree.

Mantuvo su dedo levantado. Había dos pequeñas gotas de sangre.

—¿Vas a morir? —pregunté.

Puso a Gertie en la caja y agitó su dedo.

—No, no, sólo es que duele un poco —se sentó en la litera de abajo—. No ha sido muy inteligente por mi parte. Las culebras rayadas no son venenosas, pero debería haber tenido más cuidado.

Se miró el dedo.

—Puedo ver las marcas de punción.

Me mostró los dos pequeños agujeros, dos puntos rojos.

—¿Estás segura de que no es venenosa? —pregunté.

—Creo que Gertie es inofensiva, pero quiero estar segura. Voy a ir a ver al Dr. Davis.

—¿Puedes decir que te la encontraste afuera? —le pregunté—, ¿y no mencionar que es mi mascota?

Ahora Bree hinchó sus mejillas.

—Carly, tengo que ser honesta. Muchas campistas rompen las reglas. Pero yo no. Al menos, aún no lo he hecho. Si tú le mientes a tía Jane, eso es asunto tuyo. Pero yo no quiero mentir. ¿Me comprendes?

—Sí. Creo. Saqué mi maleta de debajo de la litera.

—¿Qué estás haciendo? —me preguntó.

—Empacando —le dije—. Tía Jane va a enviarme a mi casa.

Bree empujó con el pie la maleta otra vez debajo de la litera.

—¿Por qué no esperamos y vemos qué pasa?

Dos minutos después, estábamos en la consulta del médico.

Al momento, apareció tía Jane.

—¿Qué es eso que he oído sobre un mordisco de serpiente?

Sus ojos saltaban de una a otra.

—¿Quién es la paciente?

Bree mantuvo su dedo vendado levantado.

—Yo. Es sólo un mordisco de una culebra rayada.

Tía Jane se estremeció.

—Sé que no son venenosas, pero aun así no me hace ninguna gracia que una te mordiera. ¿Cómo es posible que él te mordiera?

—No es un «él», tía Jane —dije—. Es una Gertie.

Tía Jane entrecerró los ojos.

—¿Eh?

—Ups —dije—. La bolsa se ha escapado del gato.

—Querrás decir que el gato se ha escapado de la bolsa —susurró Bree.

Asentí con la cabeza.

Miau.

Tía Jane suspiró.

—No estoy segura de querer oír esta historia, pero cuéntamela de todas formas. ¿Bree?

Bree apuntó hacia mí.

—Es su historia, no la mía.

Tía Jane daba vueltas arriba y abajo.

—Estoy esperando, Carly. Cuéntamelo todo.

Así que se lo conté.

Todos. Y cada uno. De los detalles.

Todos menos uno, de todos modos.

Dejé fuera la parte en la que buscamos a Gertie en el retrete, porque los retretes son asquerosos.

—Sólo intentaba ayudar a una Chica Poni —dijo Bree—. ¿Recuerda cuando Esha puso una rana en mi litera? Sabía cómo se asustaría Gabriela si se encontraba una culebra en la suya. Así que ayudé a buscar a Gertie.

Tía Jane se quedó callada un buen rato, y empecé a preocuparme mucho.

—¿Estoy expulsada del campamento? —le pregunté—. Si lo estoy, debo llamar a mi mamá.

Contuve la respiración.

Finalmente, tía Jane sacudió la cabeza.

—No, Carly. Quiero que esta sea una experiencia de aprendizaje.

Di saltos de alegría y después la abracé.

—No te emociones mucho —dijo—. Aún sigues castigada.

Dejé de saltar.

—Pero, ¿por qué? Aprendí mi lección. ¡Te lo prometo!

—Porque las reglas son las reglas —dijo—. Quiero que compartas esta historia con las demás campistas. Pueden aprender algo de ella. Todo el mundo necesita un buen recordatorio para mantenerse alejados de las serpientes.

—¿Cuál es mi castigo? —le pregunté.

Se inclinó hacia mí.

—Darás de comer a las gallinas y recogerás sus huevos con Bree. Y te levantarás una hora más temprano durante las dos próximas semanas para ayudar a Bree a limpiar las caballerizas.

¡Relincho!

—¡Qué asco! —dije. Después, entrelacé mis manos—. Pero es mejor que irse a casa.

—Un poco de responsabilidad te vendrá bien —dijo tía Jane.

¡Responsabilidad!

—Si hago todas estas cosas, ¿le dirás a mi mamá lo responsable que soy?

—Sólo si trabajas duro y cumples con tus tareas correctamente —dijo.

—Oh, lo haré —dije—. Y cuando le digas a mi madre lo responsable que soy, a lo mejor me deja tener una mascota.

Bailé la danza de la felicidad llamada Me quedo en el campamento.

—Este es el mejor castigo *del mundo.*

Y después volví a vitorear:

—Dos, cuatro, seis y ocho, ¿qué nos gusta mucho?

Tía Jane encogió los hombros.

—¡Establos Storm Cliff! ¡Establos Storm Cliff! ¡Establos Storm Cliff! ¡El mejor campamento ecuestre que existe!